著作权合同登记号 图字 01-2019-4052

Maximus Musikus kætist í kór

Text © Hallfridur Olafsdottir, 2014
Illustrations © Thorarinn Mar Baldursson, 2014
Published by agreement with Forlagið, www.forlagid.is

图书在版编目 (CIP) 数据

马克西姆欢闹合唱团 /（冰）哈尔弗里多尔·奥拉夫
斯多提尔著；（冰）索拉林·马尔·巴尔德森绘；谭怡
译 . — 北京：人民文学出版社 , 2020
　（马克西姆音乐奇遇记）
　ISBN 978-7-02-012565-4

　Ⅰ . ①马… Ⅱ . ①哈… ②索… ③谭… Ⅲ . ①儿童故
事 – 图画故事 – 冰岛 – 现代 Ⅳ . ① I535.85

中国版本图书馆 CIP 数据核字（2019）第 144656 号

责任编辑　朱卫净　杨　芹
封面设计　汪佳诗

出版发行　人民文学出版社
社　　　址　北京市朝内大街 166 号
邮政编码　100705
网　　　址　www.rw-cn.com
印　　　制　上海盛通时代印刷有限公司
经　　　销　全国新华书店等
字　　　数　42 千字
开　　　本　889×1194 毫米　1/16
印　　　张　2.5
版　　　次　2020 年 9 月北京第 1 版
印　　　次　2020 年 9 月第 1 次印刷
书　　　号　978-7-02-012565-4
定　　　价　38.00 元

如有印装质量问题，请与本社图书销售中心调换。电话：010-65233595

马克西姆音乐奇遇记

马克西姆欢闹合唱团

〔冰岛〕哈尔弗里多尔·奥拉夫斯多提尔 著

〔冰岛〕索拉林·马尔·巴尔德森 绘

谭怡 译

人民文学出版社
PEOPLE'S LITERATURE PUBLISHING HOUSE

在阅读故事之前，请你的爸爸妈妈帮个忙，扫描本书封底的二维码，这样你就可以真正享受这个"从头听到尾"的故事啰！

尽情享受美妙的音乐吧！

一个阳光明媚的夏日，马克西姆·缪齐克斯躺在河岸边，享受着美妙的阳光和景色。温暖的风吹过他的脸庞，吹拂着他的胡须。他美滋滋地伸了个懒腰，从头顶的小树枝上摘下一枚红红的醋栗果，丢进嘴里慢慢地嚼着。

　　马克西姆很喜欢住在城市里，就像他住的音乐厅那样，城市生活总是给他新鲜感，充满了活力。然而这一刻，他突然有点儿想家了。

　　他闭上眼睛，想起在乡下住的小洞，想起小鸟的歌声，想起青草和石楠花的香味，还有那酸甜可口的蓝莓！

马克西姆突然跳了起来。对，他要回到乡下去！
说走就走，他急匆匆地冲下小山丘。

跑回音乐厅的时候，马克西姆听到一种高亢又明亮的乐声！什么乐器能发出这种声音呢？他赶紧钻进大厅："啊，原来是一群孩子在唱歌。"

啊，多么美妙的音乐啊！原来歌还可以这样唱。马克西姆听出他们一个追着一个唱，并不是一起发声，但是唱出的和声非常好听。

　　等到这一段结束，指挥老师吩咐道："好，热身完毕。乐队就位，小朋友现在去换服装，等一下台上见。"

　　马克西姆赶紧冲进音乐大厅，等着欣赏合唱表演。这时，管弦乐团正在排练一首欢快的曲子，气氛热烈。演奏员们的手指在乐器上欢快地跳着舞，就像奔跑的小老鼠一样可爱。马克西姆忍不住跟着音乐的节奏手舞足蹈起来。

等到马克西姆再抬头的时候，舞台上已经站满了人。他们都穿得很奇怪，感觉来自一个不知名的小镇。"噢，这里总是会发生新鲜事！"马克西姆赞叹着就地坐下，等着看好戏。

接下来，更令人意想不到的事情发生了，舞台一侧又走上来一群孩子，他们都光着脚，穿得破破烂烂的。

"接下来，有请淘气鬼合唱团给我们表演！"指挥说完，缓缓抬起指挥棒。

只见孩子们绕着舞台开始转圈，一边走，一边唱。伴随着交响乐，他们的歌声美妙极了，马克西姆简直惊呆了，他从来没有见识过这种合唱、这种表演、这种服装和舞台场景，更不要提这样精彩的交响乐伴奏了！

等到排练结束，马克西姆跟着孩子们溜到音乐厅门口。他看到所有孩子排成一行，旁边堆着大包小包的行李。马克西姆又开始纳闷了："他们这又要干什么呢？"还没等他想到答案，一辆长途汽车就停在了音乐厅门口。很快，所有的孩子和行李都被送上了车。

"真是太棒了，可以去乡村来一场合唱团露营。"

"哦，对的，我希望有很多好吃的。"

马克西姆听到这儿，眼睛一亮："啊，什么什么？乡村？！机不可失，时不再来！"想到这里，他纵身一跳，藏进了司机的口袋里。

长途汽车突突突地往前开，离城市越来越远了。一路上，孩子们先是兴奋地大喊大叫，后来不约而同地唱起了乡村民谣：

我们
离开城市，

要去
乡村探险。

牧羊犬高兴地
欢迎我们，

他的叫声
是多么可爱。

　　孩子们把乡村的所有小动物都唱进了歌词里。他们唱到了母鸡、小马、绵羊、奶牛，这些都是马克西姆喜欢听的。可是当他们唱到"我的好朋友，可爱的虎斑猫"时，马克西姆不太高兴了。是啊，哪有老鼠喜欢猫咪的。

汽车在一个大农场里停了下来，马克西姆赶紧跳下车，藏到围栏后面，时刻警惕着小朋友们刚才唱到的那只猫。

农场里有太多好玩的东西了，孩子们撒了欢似的在牧场里奔跑。他们看到马厩里的小马驹竟然四条腿都是白色的，他们就为他唱起了《小马之歌》，一首接一首，高兴极了。

这时，马克西姆看到了猫咪的身影："天哪，猫咪！"马克西姆吓得撒腿就跑。

9

这时候，猫咪也发现了马克西姆，在后面穷追不舍。马克西姆在农场里四处逃窜，跑得上气不接下气，心脏像小鼓一样咚咚乱跳。就在这时，他想起了祖母的话："只要心里有音乐，一切都会好的。"于是，马克西姆回忆着今天早上在音乐厅的歌剧，美妙的旋律立刻回响在耳边。果然，他的脚步没有那么慌乱了，而且速度越来越快。

跑着跑着，他冲进了谷仓。谷仓里充满了香甜的干草味。在松软的干草堆上跑步可不是猫咪的强项，于是马克西姆趁机钻进了绵羊的围栏。然后，他沿着马槽，穿过栅栏，通过一个小洞，逃进了鸡舍。马克西姆停下来喘了一口气，回头一看："啊，不好！猫咪紧追上来了！"他一头钻进了牛栏。

牛栏里又湿又滑，而且还很臭。马克西姆顾不得捂鼻子，拼尽全力，一直往前跑！

快跑出牛栏的时候，马克西姆突然慢了下来，他想到了一个好主意。在猫咪就要追上他的时候，他一个急转弯，跳上了畜栏，而猫咪来不及刹车，一脚踩到牛粪上，嗖的一声滑了出去，一头栽进了热腾腾的牛粪堆里！

哈哈！马克西姆为自己的机智感到得意，笑着松了一口气。不过，看到猫咪狼狈的样子，他倒觉得有点儿对不住猫咪了。

马克西姆仍然不敢停留，趁猫咪还没有从牛粪堆里爬出来，他还得离她远点儿。这时候，他听到合唱团的歌声，循着歌声，马克西姆找到了孩子们。

　　在一个很大的谷仓里，马克西姆见到了一个庞大的合唱团，人数比和他一起来的合唱团要多得多。

　　这些年轻的合唱团成员唱着各种语言的歌曲。他们还唱了几首冰岛国的民谣：《雪中的乌鸦》《蓝天上的千鸟》《小朋友摘浆果》。

　　不一会儿，休息时间到了。门外飘进一阵香味，那是石楠花混着泥土的芳香，马克西姆突然回过神来——回到乡村是为了啥？想到这里，他和合唱团的成员们一起冲进了门外的阳光里。

马克西姆很快找到了一个方便摘浆果的位置。他舒舒服服地躺下来，吃着新鲜的浆果，欣赏着四周的美景。所有小朋友都在摘浆果，吃得不亦乐乎。

　　"嘿，看！我捡到了什么！"一个小女孩手里提着一只羊角，兴奋地喊着。

　　坐在她旁边的弟弟着急地说："让我看看，让我看看！"

　　"不！我先看！"姐姐拿起羊角，手臂不小心撞到了弟弟，弟弟差点儿就摔了个跟头。"喔！你撞到我了。"小男孩疼得快哭了。

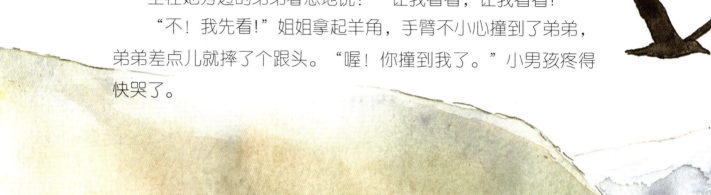

马克西姆悄悄地走过去，他觉得这两个人要吵架了。他闭起眼睛，祈祷着这一切不要发生。是啊，没有人是故意的，但是姐弟俩还是吵起来了。

　　弟弟委屈地说："我想回家！"马克西姆看到他眼眶里的泪水在打转。

　　姐姐没好气地说："好吧，那你就回家好了。"然后，他们都生气地背过身去，谁也不理谁。

　　"哎呀呀呀，这可不好。"马克西姆很着急，用爪子绞着自己的小尾巴，也跟着伤心起来。

15

这个晚上，孩子们简直玩疯了。到了睡觉的时候，等他们都换好了睡衣，就开始唱《晚安之歌》，那是用各国语言的"晚安"编成的一首歌。

马克西姆很快看到了白天闹别扭的那对姐弟俩。他们看上去仍然不开心，就算朋友们不断地跟他们说话也无济于事。

马克西姆抓了抓脑袋："我能做什么呢？他们谁也不愿搭理谁。我必须让他们忘记之前的不开心，尽快和好。"想到这里，马克西姆毫不犹豫地冲上了宿舍的楼梯！他当然知道这很危险，祖母是从不允许他这样做的，但是现在他也顾不上这些了，他只想帮助姐弟俩和好。

"啊，老鼠，老鼠，那边有老鼠！"孩子们大叫起来，乱作一团——然后那只虎斑猫冲了进来！

马克西姆赶紧沿着墙边逃命，他幸运地找到一个小洞，一头钻了进去。等他确定安全了，从小洞里往外偷看，才知道救了自己的不仅仅是自己的"飞毛腿"，还有那对姐弟俩。原来，他们捉住了猫咪，自己才逃过了一劫。现在，他们俩一起抱着猫咪，完全忘了吵架和闹着要回家的事。

对了，来乡村的路上他们是怎么唱的？

我的好朋友，可爱的虎斑猫，
白天到夜晚，终日喵喵喵。

马克西姆微笑着，满意地捋了捋胡须。事情比自己预想的顺利多啦！

等到所有人都安顿下来准备睡觉时，猫咪也走远了，马克西姆这才悄悄地从洞里溜出来。听着轻微的鼾声，他慢慢地沿着墙边，靠近这对姐弟——自己的救命恩人。

他听到他们在说话。"弟弟，弟弟你睡着了吗？""没有，姐姐。"然后姐弟俩小声地开始交谈。"噢，姐姐，你知道吗，虽然在这里玩得很开心，但我还是想家……"马克西姆听到这位弟弟都快哭出来了。这时候，姐姐立刻坐了起来。（有时候周围的人软弱时，你就会突然勇敢起来的。）

姐姐说："听着，你想家是因为今天上午咱俩吵架了。我们以后应该互相关心、信任，尤其是到了一个陌生的地方，我们更应该勇敢。还记得奶奶说的话吗：'你之所以觉得其他人很陌生，是因为我们还没来得及去认识他们。'来，我们俩一起唱首歌，唱完之后，你的心情就会好起来的。"于是，他们俩一起低声唱了这首《天使守护着宝贝》。

果然，他们俩手拉着手，很快进入了梦乡。

第二天一早，太阳从窗户照进来，阳光落在小朋友们的鼻尖上。马克西姆坐了起来，捋了捋胡须，他高兴地发现姐弟俩已经起床了，看上去两个人心情很好。再看看周围，所有小朋友都醒了，他们有的伸着懒腰，有的脸上挂着甜甜的笑。天气这么暖和，阳光这样明亮，所有想家的烦恼都被赶走了。

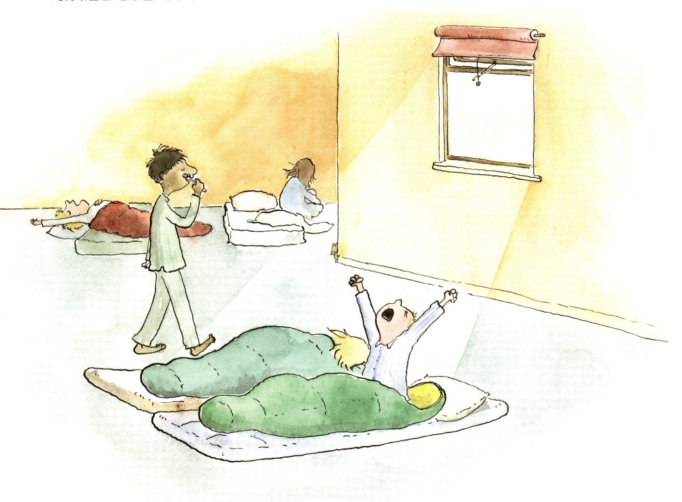

　　一个女孩走过来对姐弟俩说："早上好！昨晚我听到你们唱歌了，唱得太好了。今天音乐会上，你们愿意和我一起唱这首《生命之歌》吗？"姐弟俩高兴地说："愿意，愿意，那是我们最喜欢的歌。"

马克西姆看到人们从四面八方赶来听孩子们的音乐会，他也很期待今天的演出。当歌声响起时，全场立刻安静下来，就连牧场上的动物和树上的鸟儿都静静地听着。

孩子们的表现比任何一次排练都要出色，他们的歌声充满了喜悦。

然后，三位独唱者走到台前，与大家一起倾心演绎这首《生命之歌》。

"我不仅活着，还要活得灿烂。

我在这里，命运就在我自己手中。

我向往的天堂，那是我将要活出的人生。

活出自己，因为命运在自己手中。"

音乐会圆满结束了，孩子们还在兴奋当中，辛苦了一天的老师们也很满意，他们有说有笑地把行李搬上车。驾车的司机一边帮着搬行李，一边让孩子们上车。这时，马克西姆瞅准机会，哧溜一下，跳进了他的口袋。

牧场主一家站在门口，微笑着向所有人挥手再见。那只虎斑猫也来了。他们大声说着："欢迎下次再来！再见！"

（完）

马克西姆之歌

哈尔弗里多尔·奥拉夫斯多提尔 曲

哈尔弗里多尔·奥拉夫斯多提尔、索拉林·马尔·巴尔德森 词

轻松优雅

小老鼠 马克西姆 来到一座 大房子里。快速爬进

小洞内, 蜷起身子呼呼睡。马克西姆呀马克西

姆, 高高兴兴参观那大音乐厅。 快乐的

马克西姆,马克 西姆。

吹哨

慢一点

乐队 奏响美妙 音乐,琴弦拨动 内心 感觉。

（弦乐器演奏）

22

鼓 声 雷 动，号角声声 向 前 冲， 大家露出灿烂的笑

容。 小老鼠 马克西姆 爱 音 乐。

吹哨

马 克 西姆 非常好奇人们如何演奏音乐。

乐声结束，人们为 音乐家们 喝大彩。马克西姆呀马

克 西 姆， 高高兴兴参观那大音乐厅。

快乐的 马克西姆，马克 西姆。

吹哨

《音乐万岁》

万岁！音乐万岁！
万岁！音乐万岁！
音乐万岁！
（普多利斯）

《街头儿童合唱》

来啦，我们来啦，
跟着这些新士兵，
桑尼，吹起响亮的号角！
啦啦啦，啦啦啦。
我们大步走，高昂着头，
像个小战士，
记住！不能犯错！
一、二，注意节拍！
两肩向后，
胸膛挺起，
手臂像这样，
放在身体两侧。
来啦，我们来啦，
跟着这些新士兵，
桑尼，吹起响亮的号角！
啦啦啦，啦啦啦！

（亨利·梅亚克，卢多维克·阿莱维）

《牧羊犬》

我们离开城市，
要去乡村探险。
牧羊犬高兴地欢迎我们，
他的叫声是多么可爱。

他说：汪！汪！汪！
亲爱的朋友们，
早上好啊，
欢迎来到乡下！

这里还有很多马和牛，

一群群的绵羊和牛犊，也许更有趣，
位于海岬上的牧场，
正在举行一场绿草的盛宴。

他们说：咩咩咩，哞哞哞！
亲爱的朋友们，
早上好啊，
欢迎来到乡下！

母鸡咯咯叫，公鸡到处啄，
可爱的小羊羔静静躺着晒太阳，
我的好朋友，可爱的虎斑猫，
白天到夜晚，终日喵喵喵。

他们说：哈哈哈！
亲爱的朋友们，
早上好啊，
欢迎来到乡下！

（厄林格·贝内迪克松）

《小马之歌》

我知道那匹马，名字叫舒克，
他的腿敏捷又细长，
喜欢一圈圈地跑个不停，
连口气也不用喘。

他爱跳，又蹦又闹，
尽情地嘶叫，
嘶嘶嘶，嘶嘶嘶，
总是跳在最前面，
让大家跟在他后面。

他爱上了一匹小母马，名字叫沙拉贝蒂，
她个子小巧，漂亮又聪明。
如果你牵着她的缰绳，
就能感受到她的温柔和甜蜜。

她爱跳，又蹦又闹，
尽情地嘶叫，

嘶嘶嘶，嘶嘶嘶，
如果你有机会看到她，就会知道，
沙拉贝蒂最受孩子们喜爱。

他们有了一匹小马驹，
美丽夺目，就像星光，
睁开眼睛，张着嘴，
还在爸爸妈妈怀里撒着娇。

这个小家伙啊，
不管怎样，都让人怜爱，
嘶嘶嘶，嘶嘶嘶，
生活就是这样简单而美好，
即使是一匹马。

（厄林格·贝内迪克松）

《一、二、三》

一、二、三，
四、五、六，
七、八、九，
我们数到十，
啦啦啦啦啦，
啦啦啦啦啦，
啦啦啦啦啦啦！

（墨西哥儿歌）

《啊，沙南道河》

哦，沙南道，
自从离开你，
不见你奔流的河水，
我就一直思念你。
哦，沙南道，
自从离开你，
跨越了广阔的密苏里河，
我就一直思念你。

一别已有七年，
再听不到你河水的呼啸。

一别已有七年，
自从我离开你，
跨越了广阔的密苏里河。

哦，沙南道，
自从离开你，
不见你奔流的河水，
我就一直思念你。
哦，沙南道，
自从离开你，
跨越了广阔的密苏里河，
我就一直思念你。

（美国民歌）

《让我们一起唱歌、欢笑》

让我们一起，
让我们一起，
唱歌，欢笑！
让我们一起，
让我们一起，
唱歌，鼓掌！
醒来吧！
兄弟姐妹们，
让我们一起，
尽情欢笑。

（以色列民歌）

《樱花》

樱花啊，
樱花啊，
暮春三月
天空里，
万里无云
多明净，
如同彩霞
如白云，
芬芳扑鼻
多美丽，

快来呀，
快来呀，
同去看樱花。

《站一站、坐一坐、跳一跳》

站一站，
站一站，
让我们一起
站一站！
坐一坐，跳一跳，
坐一坐，跳一跳，
让我们一起
跳一跳！

《嘿，让我们跳舞》

嘿，调整脚步，
嘉年华的队伍正在行进，
嘿，哒呐，哒呐，哒呐，哒呐，脚步声响起！
嘿，无论老人还是小孩，
让我们一起来跳舞。
嘿，哒呐，哒呐，哒呐，哒呐，脚步声响起！
嘿，我的心飞到了枝上，
只想摘下你这朵玫瑰。
嘿，哒呐，哒呐，哒呐，哒呐，脚步声响起！
我一刻不眠，
整夜不停地跳舞，
嘿，哒呐，哒呐，哒呐，哒呐，脚步声响起！

《雪中的乌鸦》

一只乌鸦住在山沟里，
一个寒冷的冬夜，
对他而言处处都是危险，
直到天空渐渐明亮，
他从一块大岩石下

探出了鼻子。
有的人住在温暖的房里，
有的人住在简陋的窝里，
但，远处的灯光照亮一切。
来吧，来吧，来到这里，
来吧，来吧，和我们一起，
来到这冰天雪地里。

《蓝天上的千鸟》

蓝天上，
一群小鸟，
在太阳下歌唱，
赞美神的荣光。
绿色的村庄，
就像美丽的天堂围绕，
我为我的孩子
修建一个鸟巢，
孩子们生活其中，
宁静而安详。
我养育他们。
用身体温暖他们，
最终教会他们飞翔，
飞离这蓝天之下的小小的窝巢。
（太阳在天空中照耀，花儿在地上开放）
请替我照看这些小家伙，

《小朋友摘浆果》

在丛林里，小孩们正在玩耍。
他们躺在天空下，咧嘴笑啊笑，
嘴里的浆果汁飞溅，不愁摘不到更多，
他们喜欢蓝色的蓝莓，就着面包真香甜，
摘蓝莓真有趣，孩子们玩在一起，
抱成一团，笑声传遍山间，
阳光洒满蓝天，
地面飞旋，心里像吃了糖一样甜。

《晚安之歌》

晚安！（拉丁语）
亲爱的小牛犊。
晚安！（意大利语）
我亲爱的宝贝。
晚安！（法语）
亲亲你！
晚安！晚安！（英语）
今天我们还有很远的路要走。
晚安！晚安！（德语）
躺在妈妈的怀里。
晚安！晚安！
亲吻你的脸。

（沃尔夫冈·阿玛多伊斯·莫扎特）

《天使守护着宝贝》

夜晚到来，宝贝该睡了。
十四位天使守护着我，
两位守护着我的头；
两位守护着我的脚；
两位守护在我右侧；
两位守护在我左侧；
两位环绕着我；
两位将我唤醒；
两位将天堂的路指给我。

（阿德尔海德·韦特）

《祈祷》

天上的神明，我们唯一的希望，
大地和天空，永恒的日月，
宁静的夜晚，我们打破了沉默：
天上的神啊，请注视着我们，
向我们倒出您的恩典之火，
让地狱也充满您的声音，
这声音驱散了梦中悲伤的灵魂，
让我们无法忘记您的教诲，
哦，天神！请赞美这个忠诚的人，

祈求您，
为他吟唱您不朽的荣耀之歌，
并为他祝福。

（简·拉辛）

《生命之歌》

因为渴望，我来到这个星球，
感谢上苍给我美妙的生命，
现在生命在我手中，
时而拥有，时而错过。

带着自信，义无反顾，
我选择了现在的路，
虽然对于我想到达的遥远国度，
我只走了一点点路。

在有限的时光里，
我想要为自己而活，
走在自己的路上，我一直向前，
为此我要跟过去告别。

从来没有忘记过去的自己，
我只是想让那个自己睡去，
过去的自己曾经走投无路，
只剩苟延残喘的力气。

我不仅活着，
还要活得灿烂，
我想自由勇敢，
我想看太阳怎样升起又落下。

我在这里，
命运就在我自己手中，
我向往的天堂，
那是我将要活出的人生。

活出自己，因为命运在自己手中。

（派·巴克曼，索冉林·厄勒杰）

27

作者：

哈尔弗里多尔·奥拉夫斯多提尔（Hallfridur Olafsdottir）是冰岛交响乐团的首席长笛手。她一直非常喜爱读书。在她眼中，交响乐是世界上最酷的事物，不过她也喜欢玩奇怪的旧式笛子和哨子。

索拉林·马尔·巴尔德森（Thorarinn Mar Baldursson）是冰岛交响乐团的中提琴手。他从小学习画画。同时，他也对冰岛的传统文化感兴趣，是一位多才多艺的游吟诗人。

你知道吗？

轮唱曲《音乐万岁！》（*Viva la musica!*）普遍被认为是文艺复兴时期作曲家麦克·普多利斯的作品。这首欢快的曲子特别容易上口，因此经常被用作合唱排练的练声曲目。

歌剧《卡门》由法国作曲家乔治·比才作曲，是经久不衰的歌剧经典。歌剧中荡气回肠的旋律令人沉醉，一直烙印在观众的记忆中。其中好几首乐曲经常被单独拿来演奏，尤其是序曲更成为很多交响乐团的常演曲目。这部歌剧中最欢快的一首是童声合唱的《街头儿童合唱》（*Children's Choir*），由小镇街道上的一群孩子演唱，他们喊着行军的号子，跟在士兵们后面齐步走。

《牧羊犬》（*Collie the Dog*）和《小马之歌》（*Horseplay*）是《乡村之歌》中的曲目，由冰岛作曲家厄林格·贝内迪克松作曲。歌曲描述了作曲家小时候生活过的冰岛农场，讲述那里的动物和那里的生活。

五首外国民歌联唱由世界各地的民歌组成，由普拉·马蒂斯道尔特编曲。她小时候一直是学校合唱团团员，后来曾长期担任合唱指挥，因此这次的编曲充分发挥了她经历的优势。《一、二、三》（*One, Two, Three*）是墨西哥的一首儿歌，《哦，沙南道河》（*Oh Shenandoah*）是美国民歌，《让我们一起唱歌、欢笑》（*Let's sing and be happy*）是来自以色列的一首欢快的希伯来语歌曲，日语歌《樱花》（*Cherry Blossoms*）讲述的是开满繁花的樱树，坦桑尼亚民歌《站一站、坐一坐、跳一跳》（*Let's Stand, Sit, and Hop*）是一首充满活力的非洲歌曲。

匈牙利民歌《嘿，让我们跳舞》（*Hey, Let's Dance*）由莱奥什·巴多什编曲。这首歌讲述的是在一个当地节日盛典上，男女老少一起通宵跳舞玩乐的场景。莱奥什·巴多什一直主张每个人都应该有机会参加合唱，而且他一直致力于实现这个目标，不仅出版合唱音乐的作品，还在布达佩斯的音乐学校任教。

在冰岛交响乐团的特殊要求下，作曲家特里格维·M·鲍德温森对三首冰岛民歌进行了编曲，有合唱也有交响乐，以配合《马克西姆欢闹合唱团》这本书。特里格维年轻时在交响乐队中吹奏大号，后来改弹钢琴，为儿童和成年人创作了很多作品。这几首民歌分别描绘了冰岛的冬天、春天和夏天的自然风光。《雪中的乌鸦》（*The Raven in the Ravine*）讲的是乌鸦在雪中觅食——不知道有没有可能，也许他也是《蓝天上的千鸟》（*Plover's Song*）中的一只呢！这首歌则描绘了春天千鸟群飞的景象。最后一首是描绘夏末景象的《小朋友摘浆果》（*The Children are Picking Berries*），讲述了孩子们在浆果地里的美好时光。

《晚安之歌》（*Good Night!*）是沃尔夫冈·阿玛多伊斯·莫扎特创作的一首轮唱曲。这位音乐神童曾游遍了欧洲，会弹钢琴，还会作曲，八岁那年就完成了他第一首完整的交响乐作品。尽管他三十六岁就英年早逝，但还是留下了超过六百首作品。《晚安之歌》的歌词由循环往复的拉丁语、意大利语、法语、英语和德语的"晚安"组成。

德国作曲家恩戈伯特·亨帕尔蒂克应姐姐阿德尔海德·韦特的要求，为歌剧《汉斯和格莱特》创作了歌曲《天使守护着宝贝》（*Evening Prayer*）。阿德尔海德·韦特为她自己的孩子创作了这首歌的歌词。汉斯和格莱特唱着《天使守护着宝贝》，是为了在漆黑的森林里睡觉时不害怕。

为了给诗人拉辛的诗歌配上音乐，法国作曲家和管风琴演奏家嘉宝瑞尔·福雷十九岁就创作出了这首《祈祷》（*Words of Hope*）。这首歌赞美了那存在于对世人的爱和同情心中的人间希望。冰岛音乐人亨帝格尔那·如纳斯岛尔特身兼作曲家、歌手、教师和编曲者的多重职责，她凭借自己丰富的经验，为儿童合唱和交响乐进行了编曲创作。

《生命之歌》（*This Life is Mine*）是瑞典作曲家斯戴芬·尼尔森为凯·博莱克执导的电影《像在天堂一样》创作的歌曲。这首歌被称作"盖布瑞拉的歌"，由派·巴克曼作词，亨帝格尔那·如纳斯岛尔特编曲，改为由独唱、童声合唱和交响乐组成。歌词讲的是坚持自己理想的重要性，不要让任何人阻挡你追求梦想的脚步。

朗诵者：

中文版故事由陈燕华朗读。她是上海电视台原儿童节目主持人，无数孩子记忆里的"燕子姐姐"。曾参演过多部影视作品。

独唱者：

乌纳·拉格纳松多蒂（九岁）

贝内迪克特·于尔费森（十一岁）

斯坦奴·托瓦尔兹多蒂（十七岁）

儿童合唱团：

总导演：艾迪特·莫尔纳尔，索拉·布伦多蒂

塞尔福斯儿童合唱团，负责人：艾迪特·莫尔纳尔

雷克雅未克男孩，导演：弗雷德里克·S.克里斯廷森

格拉杜勒克合唱团，导演：乔恩·斯蒂芬森，控制器：罗丝·乔汉娜多蒂、索拉·布伦多蒂

雷克雅未克女孩，导演：玛格丽特·帕尔玛多蒂，助理：古德伦·艾尔尼·格若门德森蒂

冰岛交响乐团：

组建于一九五〇年，由八十多位在冰岛及其他国家音乐学校完成专门乐器学习的音乐家组成。该乐团主要在雷克雅未克演出，不过也经常在国内外巡演。该乐团每年还为许多孩子举办家庭音乐会。

伯纳德·威尔金森为指挥。他的青年时代在英国度过，曾加入著名的伦敦威斯敏斯特教堂唱诗班。后来他学会了吹笛子，在冰岛交响乐团中担任长笛手，并教学生吹奏长笛，本书作者也是他的学生。

老鼠乐队成员：

哈尔弗里多尔·奥拉夫斯多提尔——长笛；阿曼·赫尔盖森——单簧管；艾斯盖尔·斯坦格里姆森——小号；希格鲁恩·艾斯瓦尔兹多提尔——小提琴；兹比格纽·杜比克——小提琴；乔妮娜·阿瑟·希尔玛尔斯多提尔——中提琴；布林迪斯·比约格温斯多提尔——大提琴；理查德·科恩——低音提琴；彼得·格雷塔尔森——打击乐。

感谢：

奥拉夫斯多蒂女士，伯纳德·威尔金森，布伦希尔德·阿热比加德的女儿，阿达迪奇·科勒宾森，艾迪特·莫尔纳，芬斯·汉森，弗雷德里克·H.克里斯廷松，乔治·马格努松，古德伦·艾尔尼·格若门德森蒂，古德伦·乔安娜·乔森多蒂，艮希尔德·哈拉·奥尔曼多蒂，希尔德戛纳·哈尔多松多蒂，希尔德戛纳·鲁纳多蒂，希尔迪斯·奥斯塔斯多蒂，因伊比约格·何隆·乔森多蒂，乔·斯特凡斯多特，玛格丽特·

乔安娜·帕尔玛多蒂，玛蒂尔达·古德·哈福利郝多蒂，罗丝·乔汉娜多蒂，赛斯利亚·哈尔多松多蒂，西比尔·阿班塞克，西里聚尔·索菲亚·哈福利郝多蒂，斯格纳蒂·鲁纳多蒂，施特拉·佩纳多蒂，特里格维·彼得·阿曼松，特里格维·M.巴尔德文森，瓦鲁尔·弗雷·埃纳尔松，索拉·比尔斯多蒂，索拉·马泰恩松，索拉·比尔斯多蒂，索拉·格维兹门迪尔多蒂，厄里格·本尼迪克特森。

合作：

　　冰岛交响乐团，美国国家广播服务，冰岛少年儿童合唱团，写作基金协会，冰岛音乐家工会，南方文化委员会。